多和田葉子

青土社

シュタイネ

多和田葉子

目次

装画　小沢さかえ
装丁　細野綾子

シュタイネ

1　パピア・コルプ（紙くず籠か）

はらはらと遺伝子情報を
髪すく度に
あちら様にばらまいて
火曜日の訪れる度に燃えるゴー
ミになって出征した
縮れた髪の毛たち
ちり紙を濡らしレシ
ートで性器を隠してコロ
ッケの包み紙に沁みたアブカタブラを
舌で舐めベロンと舐め

敵の陣営に忍び込むつもりが
捕虜になり
尻穴の情報を読み取られて
翌週はすでにお客様のニー
スにつけこむサー
ビスにぴ
ったり寄り添われ身動きがトトれなくな
っている
チェックとクリックのくりっかえし
君のしていることはお買い物に過ぎない
詩を掻いているわけではなくて　くて
くてくての老後も
くったりと
売り払われている

2　シュティンク・ボーネン（納豆か）

納豆をかき混ぜる時
君は時計回りですか
それとも敢えて
逆回りにすると朝の手応えが
ねばりと頑張り
裏側から
地球の飢餓が
箸にからみついてくる
今食えているのは
飢えているのは君だけだ

他人のことは忘れて
ひたすら食ってほしい
涎で繋がってくる
サハラ砂漠の向こう側
キキれてしまうでしょう
とぎれて
ところがなんの
とぎすまされて
粘り強く
想いを飛ばして
ひとえ草の秘密から
カツオエキスをたらたら垂らして
貧困は10度以下で保存
まわすことが瞑想で

捨てろボーるをこする箸の
神経質な
岸岸と

3　チトローネ（檸檬か）

さっぱりしていると言うわりには
けっこう
どっこい
いやいや
種子のまわりが
ネバー、ネバー、エバー
避難グッズのナイフの先で
震災以来
ほじくり出しては
一個ずつさっぱりしていく

からん、からんと
皺だらけのかたい種子が
カソリック教会の鐘みたいに皿に落ち
あとに残された果肉は
黄色く透き通って
酸っぱさだけになった
橙さん
柚さん
などなど
もっと気のきいた友達もいるけれど
狂気を気取るカタ
カナのレモンあたりが
安っぽくて君には似合う
種馬君はもう全部取り除いたつもり

ところがよく見ると
まだまだ沈んでいる
灰色の影
しつこい種子
ほじりくりだす度にぷちぷちと
房が砕けて汁がこぼれる
と思っただけでもう唾が湧いてきて
口の中という自分が
ジュっと
発音記号になっていく

4　ザイフェ（石鹸か）

イタリアという名のオレンジを求めて
唇を差し出したら雪ひらが
鼻先まで迫るアルプスの
白く塗られた額
まぶしくても寒い人
ベルガモ
鐘つき男は
神父のパソコン
バチカンのお偉いさんが死ん
だらだら

八十回鳴らせよ、とプロ
グラ
ミングされている原罪
ぐあんぐあん
耳鳴りと地鳴りが
競いあいあい愛の教えよ
君、なんとか、とめてくれないかな
頭蓋骨がひび割れそうだ
教会の鐘が鳴り止んでくれたら
神を信じてもいい
いしだたみ
丸い石でも踏むと痛い
はだしの足の裏
無数の拳骨の上を歩いていく

生き埋めにされた
デモ参加者のひとりひとりが
地上に差し上げるこぶし
がりがりに痩せた学生たちを
背後にかくまう女性講師は
両腕の代わりに
背中からごっそり
白鳥の羽根を生やしている
駅まで送って
オリーブ石鹸を記念にくれた
てのひらに乗って
動物のにおいを放ち
世を洗いながら下水に溶けていく石
もう四分の一世紀も

引き出しにしまってあったリラリラ
らりってる硬貨そっくりの心を
泉に捨てて

5　チガレッテ（煙草か）

このおっさんの隣にしばし留まっていたい
煙さが冷え切って
にがい
干からびた男たちの集まる焦げたにおい
おむつの湿った塩っぽさから逃げて
ここへ来たおっさん
乗車券は買えないけど
家族は別の場所に隠している
昨日の新聞みたいにインクが乾いて
鼻の奥が痛い

プラットホームがマイホーム
巨大なアイロン電車が入ってきて
両開きの鉄の扉がひらき
夏休みが生産したみずみずしい
少年たちが日焼けした腿
金色の産毛に包まれて
剥き出しの時間が
あふれ
ふれ
こぼれ
ぼれて
笑いかけてきても
見向きもせずに
煙草と睦まじく見つめ合っている

土色の顔をしたおっさん
の隣にわたしは
もう少しだけ
すわっていたい

6　アウグスト（八月か）

夏はふいに終わって
外席のテーブルク
ロスが不吉にはたはためいて
毎晩ぬるいワインをしみつけ
同じ洗濯機の中で
回転
ランチはれんち社交的だった
ごわごわと白い布たちが
あっさり風にあおられて
いっせいに落ち着きをなくし

旅立とうとしている
ベネチアのライオンの顔をした
留め金さえも形を失った恋を
留めておくことはできない
ばたばたと無人の中で布だけが
ばたばたと
船帆
八月はもう秋

7　グリユービルネ（電球か）

ふりむくと隣の部屋の梨が
しんねり輝いていた
スイ
ッチを入れたのは誰
暗いところで本を読んだら
目がわるくなるでしょう、と
三千里も伸びてしまった手を
もてあましている母
決まり文句は文句ではない決まらない
三千回目にも意味が届かないまま

子供は背をまるめて壁
ぎりぎりの場所で
活字のつらなりに身を任せ
夕日がショー
トしても
読み続けていた
暗さ独特の温もりは
この世から身を消す忍術
泥くさい紙
のアンモニアくさい活字など
頼りない一冊ではなく
積み木でつくる城下町を
できることなら
全集はひよわい子供の城壁

8　ジムプトーム（症状か）

君の名を言い当てるそしたら
引っ越しはやめるね？
膝を逆に折り曲げて電電虫を
たれ流したり
肘に鉛をそそぎ削ぎ込んだり
奥歯の根っ子を腫れ上がたらたら
瞼の裏側にミミズを這わせたり
徴候を小出しにして
フェイントのつもり
パスをつないで

そぞろ身体を
医者へ運ぶ前に治ってしまう
名前のない腐敗が
缶詰の花弁で中指の腹を切った
男根を囲む花弁みたいにぎざぎざだった
Oのキーを打つ度にひりっとする
キー容詞が鍵で
穴に入れてここぞと回す名詞
指と書く前に細いと書いてしまう
そういう思い込みだけの女が
縦書きなのでどこまでも背が高くて
字数が多くてもその分
家賃を余分に払う必要もないまま
書いていたら一字ごとに傷が

押しひろげられていって
なるべく字数を　時空を
制限することに
君の名は腸の中に隠れているの
かもしれない　あるいは
ふくらはぎ

9　アイ（卵か）

爆発音が聞こえた
壁の向こう
サックを背負った青年たちが
忍者の腰つきで駆けていく
おぬし
じゃなくて君
待ちたまえ
がくがくの膝を
ハイソックスに包んで
音源にまわりこむと

破裂したゆで卵が
白い壁を、洗い立ての皿を、鍋を、床を
黄色い水玉模様に変えていた
カラのかけらがくっついた
濃い、ねばっこい
黄色のひとつひとつが
なりそこないのヒヨコに見える
そう言えば半熟計画
この詩を書き始める前の話だ
卵をごろんと鍋に入れて
それっきり忘れてしまった
からからに乾いた声で応援する
ラジオの中のサッカー・ファンたち
沸きたった水は蒸気になって消え

鍋の底に裸の尻をのせた卵が
黒く焦げつき
内面のヒヨヒヨを煮えたぎらせて
爆発した
その場に居合わせることができなかった
めんどりの時間

10　ギースカンネ（如雨露か）

如雨露を傾け
句読点をふりかけていたら
ゼラニウム
小雨が降り出した
向かいのバルコニーに立った老人が
こちらを指さして
笑っている
雨の中で花に水をやる人
意味がないという意味の四文字熟語に
雨天水人

なりたくない
やめられない
何をしても何もしなくても
あおあおと育つんだよ原稿は
天気を見ないで推敲する
雨でもどんどん水をやれ
一人で書いているわけじゃない
雲が重ね書きする
秋がふるいにかける

11　ヘルツシュラーク（鼓動か）

速すぎる
崖の縁が迫ってくる
れんだ、れんだ、太鼓
ブレーキのゆるい車に乗って
各動物それぞれが
別の時間を生きている
猫の心臓は死を急ぎ
ネズミを追い越して突っ走り
脈拍数くらいは
名刺に書いてください

それともそれはハンマーの音
工事中だからね、君の心は
友達という名の家並みが高さを競って
瓦にお金を積み立てる
シートに隠された裏舞台で
保険知らずの労働者が
黒いビニール袋を殴る
やぶれるぞ、そのうち
死と君の御近所様関係
上の階に越してきた家族の
フードで顔を隠して夕方
階段を駆け下りていく
汗臭い影のような
高校生はテクノの低音

長男の足音に唾をかけながら
ニョキニョキのぼる次男の目の前で
割れる風船ママ
ママをだましたな
どけよ、土建屋
みたいなファミリ絵
桜だ、回し者め、芝居だ、詐欺だ
壊し、立て直し、叩き、潰され、
けたたましさのまっただ中に
取り残された子供たち
かよわい脈拍
雲の流れ

12　ダルムシュピーゲルング(腸カメラか)

お預けします
一人称で身のまわりを
たたんで
「わたし」を
看護婦さんに預けた
覚醒と眠りの間に温度差はなし
いつの間にか脳味噌は腸に移り
通詞活動を始めた
言葉はひとかけらも残っていない
からっぽのトンネルの

カーブを文体に取り入れて
徹底的に考え抜く腸
欺瞞は洗い流され
意固地は崩れ
川はおいおい勢いを増し
大蛇　じゃあじゃあ
ダムを壊し
力強く泳いで行った
遠くで何かがざわめいている
近くでひそひそ相談している
ツグミ語かカケス語か
ちょっとうるさい
嘴の無駄使いじゃないかな
人間の会話なんて

喉のない苦しい夢も終わり
あかあかと夜があけて
まぶたが溶け去り
白衣に身を包んだ天の人々が
天井に描かれたフレスコ画の中から
わたしを見下ろしていた

13　モルゲンゾンネ（朝日か）

電気を消し忘れた
とおく　奥　と　おくの人
林を透かして刈り入れの
終わった麦畑の果てで
オレンジしようか
紅ショウガ色の
今朝の化粧は
迷った未熟色に恥ずかしそう
若いのかと思えば
その太陽

四十六億歳だそうで
あと四億年しか生きられないので
あわててトルストイを読み始め
地平線のソファーの上で
眠ってしまった
らしい　ころがりそうに
ころがり落ちそうに鞠ちゃん真理ちゃん
まるい　まま　まるるい人
あなたの家の灯りが昼も夜も
目を閉じることなく招いていますが
それは明日こそ帰る、と昨日言っている
ようなもので、事務所の電気は
やはり消しておきましょうか
と書かれた絵はがき

向かいのビルの残業人がくれた
写真の中のブランデンブルグ門は
波打っている
いつでも通れるわけじゃない
消しておいてください　今夜のうちに
帰宅する過労者も

14　ツーク（電車か）

夜をふり切れない冬の車窓に
隣人のディスプ
レイが碧く映り
危機を手鏡のように支える
爪のある指が
文字を次々地獄に引きずり落とす
すらいどどどど
首から下は窓の暗みに吸い込まれ
指が　しゃくとりむし
ナルシスの水面で

関節を折っては　伸ばし
こする　待ちわびる　メッセ
ージ、一時、一字、いちじくの
葉で陰毛かくして
つるつるで　けばけばの表層と
愛フォンに須磨フォンの源氏
むきだしであらわれる
途切れ途切れの愛息を
指が撫でる　いと惜しげに
どこかに目がある
読んでいる
目、目、どこ、どこ
人間のいない車内で
何百本もの指だけが

愛撫し続ける　上から下へ
親指と人差し指で
押し開く陰部の蟻文字
やがて朝日の右目と左目が
雲の切れ目にあらわれ
灰色の雲を泡立てて
樹木の影は
焼け焦げパセリ
ナルシスの指が一本ずつ
消えていく

15　ツァーンパスタ（歯磨き粉か）

にゅるい関係で
尻を押すと
出る
チューブの
蓋さえ愛ていれば
金魚の糞も真っ白なこの頃
ねじれた言葉を吐い吐い吐い
反動で真っ赤に
双子火山の形に紅を塗ろうと
するキス女

するする女
すぼめた口の奥で
白いパスタ捏ねられたまま
一晩おかれて発酵しろよ
いや君たち殺菌部隊
瀬戸物の白い壁が
朱肉の口蓋に
攻め入って
早い話
ゲームを祭り
医学を司り
ごまかし続けて
侵略戦争だろう
絵本の中で鬼が槍を持って

だんさっさ
黴菌なんて都市でんせつだ
君が清めたいのは
とろり美味しかった鹿の肉が
黒ずんだ血の後悔になって
歯の間にはさまっているあの
くさみ
くさま
接吻の度に　肉を食った繁殖が
におうのが恐い
グロでもエロでもロロでも
歯は歯だから
百合の花が開くみたいにいじらしい
んじゃないかと

んじゃないかと
んじゃ、んじゃ
淡い希望の拳骨で
歯を磨く
磨き続ける

16　ウーバーン（地下鉄か）

乗ってください、美って
ドアです　それは
しまんまりましてから
ごっとん走り出しまする
車内に
片手が
落ちている
雪の結晶を編み込まれ
捨てられた毛糸の手
一生家に戻ることなく

次の駅はブンデスプラッツです
環状線にお乗り換えできます
雨人間たちは水平視線のまま
乗り混んできて
濡れた靴底が
紺色の手を踏む　ふむ　ふむ
電車とホームの間に地獄があります
によって気をつけてください、ビッテ、美って
長靴を履いていれば
濡れた地面に血が混じっていても
恐くなくて踏むんだろう
次はベルリーナシュトラッセです
ウージーベンにお乗り換えできます
宇治弁？

ドアが自分で自分をあけると
乗ってくる
降りた乗客たちを一度潰して
捏ねて焼き直したみたいな
新しい人間たち
床にへたばっている手を
踏みにじって降りて行った連中
足元にお気をつけください、ビッテ、
美って
紺色の毛糸、白い毛糸
ほつれて形を無くし
最終電車で掃き寄せられる
手袋です、袋です、お袋です

17　シェーレ（はさみか）

封筒のアキレス腱を切って
こぼれ出るサインを
受け止める手の平の上で
会えない人がさわさわ
さわった同じ紙が
ざわざわ
地球史で一度だけの
十グラムを背負って
夕便配達人の
ビニール製の黄色い鞄に

封じ込められ
もう少しの辛抱
もう五分となだめられラレ
てわた
された途端に
切るからね
ちょん切るからね
切られてね君
はさみの刃
に沿って流れる
同じ曲線をすべって
垂れ下がる絵馬
服を切ることもあるだろう
襟元で木綿をいななく

脱水機にはかけないでください
とかとか
繊維業最後の願いを
はさみで切り離す
服を着る時に
服を買った日を
切り捨てる
あるいはカートリッジ
君はプリンタ会社の回し者か
絶対に開けるなよと
ぴちぴちの透明服に
はさみの嘴を
さしいれては、しつこく
尋問する

密封少年なんか
放っておけばいいのに
変なことにこだわるわたし
虹色に光る透明の膜の
包まれ方そのものが
そそる石鹸
駱駝のミルクを固めた煉瓦
砂漠を忘れろと
だから濡れて
後は身体を洗うだけ
カシカシ、ヌルヌル
刃を受け入れない
表面をめざして
カシカシ、ヌルヌル

18　ドゥーシェ（シャワーか）

碧いタイルに踏み出した
足の裏の湿り気が
あっしのあと
あれ、もう扁平族じゃない
ダーウィンはわたしを巻き込んで
進化してくれた
とフットノートに書いてある
ふっと　あびたくなって
ひねると吹き出す
あびて、わびて、ごめん、ごめん

洗ったはずの脚注から
ひづめが生えている
タオルでこする頭蓋骨のかたちは
ホモサピエンスでも
目と目が同じ平面に
べったり並んで
よくここまで淘汰つした
お湯の力だけでよく
よくよく
感心するな
猿を着る前に
床に投げ出された真っ白な烏賊を
腰に巻け
体毛を脱ぎ捨てて

水滴を数える頼りないこの
動物がぬぐいとる涙の
ネアンデルタール人には
鬱になるＤＮＡがなかったらしい
いいじゃん、それも
なのに君は
落ち込む能力を引き受けて
湯上がりしにくい魂
ドゥーシエ、ドゥシア
ドゥーシエ、ドゥシア

19　ブリレ（眼鏡か）

指紋が蜘蛛の巣になって
うつる、うつろうレンズは
脂っこいクロワッサンを
プラットホームであわてて
ちぎったその同じ指で
眼鏡をさわったら
うっすら　あらわれた
よごれ阿弥陀の網だ
曇り空
レンズは遠くのテレビ塔を

ひきよせ
君は目の前にいるのに
彼方に押しやられ
通行人たちがサンプル
にしか見えない
歩道の段差が
折紙として説明されている
面は立っているのか
横たわっているのか
朝の時間さえそうなのだ
目に見えるものが
見える通りではないということ
つまさきでさわりながら
あきらめかけている

そうだからそう見える
わけじゃない
明日が始まっているのに
まだ遠いはずの
月が見えるんだから
近眼とは言えないさ
半月の日は
左目が仕事を休んでいる

20　フリーゲ（蠅か）

バナナの縫い目から湧いてきた
黒インクの集積が
濡れた唇にまといつく
ぬめり
手ではらうと蝿
はらりと
飛び立っていった卒業生
としての蝿
はらう、はらり
おはらい

仕草が猫になる
マネく　金を　災難を
公害をおまねき
オリンピックをおまねき
建築闇金裏取引
おねまき姿のママで
君は国家の祭りから飛んで逃げよ
ふり蠅っても、ふり蠅っても
くたびれた句読点を
集めて団子にしたみたいな蠅
しつこく
たかってくる自我
その黒の濃さ普通じゃない
追っても脅しても

もとの唇に戻ってきて
奪い、むさぼる蝿
たたけ
たたけ、たたえよ
叩いたつもりが
自分の顔を叩いている
ぱんぱん
のわたし、なわたし、ならわたし

初出　『ユリイカ』（青土社）二〇一六年一一月号―二〇一七年八月号

著者略歴

多和田葉子　たわだ・ようこ

1960年、東京生まれ。早稲田大学文学部卒。82年、ドイツ・ハンブルクへ渡る。ハンブルク大学大学院修士課程修了。チューリッヒ大学大学院博士課程修了。91年「かかとを失くして」の群像新人賞以降、93年「犬婿入り」で芥川賞、2003年『容疑者の夜行列車』で谷崎潤一郎賞、伊藤整文学賞、11年『雪の練習生』で野間文芸賞、13年『雲をつかむ話』で読売文学賞と芸術選奨文部科学大臣賞（文学部門）など多くの受賞歴がある。近著に『献灯使』『百年の散歩』など。日独二ヶ国語で作品を発表しており、1996年にドイツ語での作家活動によりシャミッソー文学賞、2005年にゲーテ・メダル、16年にはドイツで最も権威のある文学賞のひとつクライスト賞を受賞。06年よりベルリン在住。本書は、06年の本邦初詩集『傘の死体とわたしの妻』以来、約10年ぶりの日本国内での詩集発表となる。

シュタイネ

2017年 9月25日　第1刷印刷
2017年10月 5日　第1刷発行

著　者　　多和田葉子
発行者　　清水一人
発行所　　青土社
101-0051　東京都千代田区神田神保町1-29　市瀬ビル4階
電話　03-3291-9831（編集）　03-3294-7829（営業）
振替　00190-7-192955

装画　　小沢さかえ
装丁　　細野綾子
印刷・製本　　ディグ

ISBN978-4-7917-7013-7　Printed in Japan